AF363929

Vente du Mercredi 30 Décembre 1868

TABLEAUX

MODERNES

IMPORTANTE COMPOSITION PAR DEBUCOURT

OBJETS D'ART

TRÈS-BEAU SERVICE EN PORCELAINE DE SAXE

EXPOSITION PUBLIQUE

Le Mardi 29 Décembre 1868, de 1 heure à 5 heures.

Mᵉ CHARLES PILLET | M. J.-M. DHIOS
COMMISSAIRE-PRISEUR. | EXPERT.

PARIS — 1868

RENOU ET MAULDE

IMPRIMEURS DE LA COMPAGNIE DES COMMISSAIRES-PRISEURS

Rue de Rivoli, 144.

CATALOGUE

DE

TABLEAUX MODERNES

PAR

BONINGTON, E. DELACROIX, GUILLEMIN, JACQUE.
R. MASSON, MEISSONIER, J. NOEL
E. RIBOT, A. VOLLON et autres Artistes

D'UNE

IMPORTANTE COMPOSITION PAR DEBUCOURT

ET

D'OBJETS D'ART

Bronzes artistiques et d'ameublement, Porcelaines
et Faïences

TRÈS-BEAU SERVICE EN PORCELAINE DE SAXE

Joli Meuble d'appui, style Louis XVI; Glace Louis XV
Ivoires sculptés; Miniatures; Objets de montre

LE TOUT PROVENANT

De la Collection d'un Amateur

DONT LA VENTE AUX ENCHÈRES AURA LIEU

HOTEL DROUOT

SALLE N° 1

Le Mercredi 30 Décembre 1868

A DEUX HEURES

Par le ministère de Mᵉ **CHARLES PILLET**, Commissaire-Priseur,
rue de la Grange-Batelière, 10,

Assisté de M. **DHIOS**, Expert, rue Le Peletier, 33,

EXPOSITION PUBLIQUE

Le Mardi 29 Décembre 1868, de une heure à cinq heures

PARIS — 1868

CONDITIONS DE LA VENTE

Elle sera faite au comptant.

Les Acquéreurs paieront, en sus des adjudications, CINQ
POUR CENT.

DÉSIGNATION

TABLEAUX MODERNES

BALLUE (H.)

1 — Jardin du Harem.

BRASCASSAT

2 — Taureau dans une étable.

BONINGTON

3 — Chemin dans la plaine.

4 — Marine; pendant du précédent.

DELACROIX (Eugène)

5 — Mendiante; aquarelle.

DEVEDEUX

6 — Intérieur oriental.

GUILLEMIN

7 — Atelier de peintre sous Louis XV.

HUGUES

8 — Pygmalion.

HUGUES

9 — Paysage.

JACQUE

10 — Nature morte.

BÉNÉDICT MASSON

11 — Prédication de l'Amour.

MEISSONIER

12 — Napoléon Ier à cheval. Dessin à la plume.

NOEL (Jules), 1868

13 — Les Halles à la viande, à Francfort.

NOEL (Jules)

14 — Vue du Tréport.

RIBOT (E.)

15 — Joueuse de guitare.

VOLLON (A.)

16 — Singe allumant une pipe.

VOLLON (A.)

17 — Fleurs et Fruits.

18 — Pendant du précédent.

VOLLON (A.)

19 — Vue de Paris.

TABLEAUX ANCIENS, MINIATURES

DEBUCOURT

20 — Fête nautique aux Catalans, port de Marseille. Importante composition, animée d'une quantité de petites figures d'une exécution fine et spirituelle.

MARIO DEL FIORI

21 — Vases et Corbeilles de fleurs à l'entrée d'un parc ; deux pendants.

GREUZE (Genre de)

22 — Tête de jeune Garçon.

LAWRENCE

23 — Portrait de jeune Dame ; esquisse.

LÉPICIÉ

24 — Tête de jeune Paysanne.

MICHEL

25 — Orage dans la plaine. Tableau terminé et d'un superbe effet.

RUBENS (P.-P. École de)

26 — Récréation d'hommes d'armes et de villageois.

TÉNIERS (Père)

27 — Intérieur d'étable.

WILLAERTS (A.)

28 — Port de mer.

ECOLE FRANÇAISE DU XVIIIe SIÈCLE

29 — Nymphe couronnée par l'Amour.

ÉCOLE HOLLANDAISE

30 — L'Alchimiste.

DELACHIZE

31 — Portrait d'une jeune femme coiffée d'un fichu et les
épaules recouvertes d'un voile de gaze ; miniature.

GAYE

32 — Portrait du comte de Chambord, enfant ; miniature.

33 — Portraits de François Ier et de Marie-Thérèse, empe-
reur et impératrice d'Autriche ; encadrements en
cuivre ciselé et doré.

34 — Portraits de jeunes femmes ; deux fixés ovales.

BRONZES D'ART ET D'AMEUBLEMENT

35 — *Le Chanteur florentin ;* réduction de la statue de
DUBOIS ; bronze de Barbedienne, posé sur une
colonne cannelée en bois noirci.

36 — *Voltaire ;* réduction de la statue de HOUDON ; bronze
de Barbedienne.

37 — Très-belle garniture de cheminée, composée de :
une pendule, deux candélabres à quatre lumières
et une paire de flambeaux en bronze ciselé ; style
Louis XIV, d'après les modèles de BOULE.

38 — Paire de chenets de même style.

39 — Beau cartel Louis XV en bronze doré et ciselé ; ornements rocaille et figures mythologiques.

40 — Deux figurines en bronze sur socles en marbre :
Joueur de cornemuse et *Jeune villageoise*.

41 — Deux petits vases, forme bouteille en bronze Tong-
Kin.

42 — Deux chiens dogues ; bronzes.

43 — Plat rond en cuivre repoussé ; cadre en bois sculpté.

PORCELAINES ET FAIENCES

44 — Très-beau service en ancienne porcelaine de Saxe
décorée de gracieuses compositions représentant
des scènes enfantines, toutes variées, et de petits
bouquets de fleurs. Les bords, de forme contour-
née, sont décorés d'imbrications roses et d'ornements rocaille dorés. Ce service est composé de
104 pièces : soupières, sauciers, compotiers, plats
ronds et ovales, assiettes, etc.

45 — Tête à tête avec plateau ; décor à fleurs et ornements
dorés ; fabrique de Clignancourt.

46 — Vase en porcelaine du Japon formant jardinière ;
monture en bronze.

47 — Autre vase en Japon formant jardinière; monture
en bronze.

48 — Deux grandes lampes modérateur, formées de vases
bouteilles en faïence de Delft.

49 — Petite cafetière en porcelaine de Vienne, décor à
paysages.

50 — Onze tasses, quatre soucoupes et un bol de formes
variées, en porcelaine du Japon.

51 — Six plats et assiettes en porcelaine de Chine et du
Japon.

52 — Deux petits vases en porcelaine de Chine, décor à
figures, socles en bois de fer.

53 — *Botte d'asperges*, formant pot à tabac, en porcelaine
de Saxe.

54 — *Le Baptême*, groupe de trois figures en porcelaine
d'Allemagne.

55 — Trois petits flacons en porcelaine de Chine.

56 — Deux petits vases, forme Médicis, en porcelaine de
Mennecy, décorés de paysages en camaïeu rose.

57 — Faïence de Delft; grande plaque représentant *Vénus
et Vulcain*.

58 — Un plat ovale en terre émaillée attribué à B. Palissy
et représentant Henri IV et sa famille.

59 — Deux bouteilles, forme de gourdes, en faïence italienne, à riche décor à figures.

60 — Moutardier avec plateau en faïence de Strasbourg.

61 — Deux bouts de table formant salières en ancienne faïence. Branchage de fruits et plateaux à feuillages.

62 — Deux Saucières ovales avec plateaux et couvercles en ancienne faïence de Marseille.

63 — Saucière à anse, modèle rocaille en faïence de Strasbourg.

64 — Soupière en faïence de Marseille décorée de bouquets de fleurs et de fruits en relief.

65 — Autre soupière en faïence.

66 — Soupière ovale en faïence de Strasbourg, jolie modèle rocaille.

67 — Jardinière en faïence de Moustiers; décor polychrome.

68 — Vase à anse en faïence italienne.

69 — Aiguière avec son plateau, faïence à reflets de la fabrique du marquis de Ginori.

70 — Deux Assiettes en faïence, décor en camaïeu rose.

71 — Deux petites Écuelles à anses en faïence italienne.

OBJETS DIVERS

72 — Très-joli Meuble à hauteur d'appui, en bois des îles, style Louis XVI.

La porte, marquetée à damier, est décorée au centre d'un médaillon représentant un jeune Enfant (*le Château de cartes d'après* DROUAIS). Ce meuble est garni d'ornements d'applique en bronze finement ciselé et doré : frise d'Amours, trophées rustiques, arabesques, etc. Dessus en marbre blanc.

73 — Grande et belle Glace avec encadrement en bois sculpté à jour ; style rocaille.

74 — Christ en ivoire sculpté, d'un seul morceau, bon travail du temps de Louis XIV.

75 — Râpe à tabac en ivoire sculpté ; figure de Scapin.

76 — Autre Râpe à tabac en ivoire sculpté : la Marchande de gibier.

77 — Petit Flacon en ivoire à sculptures en relief ; monture en argent.

78 — Un Vase en émail cloisonné, décoré de fleurs et branchages sur fond turquoise.

79 — Boîte à mouches en émail de Saxe, ornée d'un joli portrait de femme.

80 — Bonbonnière en écaille brune, ornée d'une miniature : portrait de jeune femme.

81 — Deux Couvercles de boîtes en émail de Saxe, à sujets Watteau et portraits.

82 — Bonbonnière en nacre, montée en or et une cuiller en agate.

83 — Plateau ovale en argent repoussé.

84 — Cinq petits Flacons et Breloques en argent et de différentes formes.

85 — Couvert chinois avec gaîne, orné d'incrustations de nacre.

86 — Un ancien Vidrecome allemand, en verre émaillé, à personnages, inscriptions et armoiries.

87 — Deux Bouteilles en verre de Bohême gravé.

88 — Deux autres.

Renou et Maulde, imprimeurs de la Compagnie des Commissaires-Priseurs,
rue de Rivoli, 144.   20486